AF356020

1875. 24 Avril

361e

CATALOGUE

—

ESTAMPES

ANCIENNES

Durer, LUCAS DE LEYDE, Silvestre

PORTRAITS

ÉCOLE DU XVIIIe SIÈCLE

PIÈCES HISTORIQUES, CARICATURES

École moderne

DECAMPS, DELACROIX, CH. JACQUE

DONT LA VENTE AURA LIEU

HOTEL DES COMMISSAIRES-PRISEURS

RUE DROUOT, 5, SALLE N° 4

AU PREMIER ÉTAGE

Le Samedi 24 Avril 1875

A UNE HEURE PRÉCISE

━━◦━━

Me **DELBERGUE-CORMONT**, Commissaire-Priseur,
rue de Provence, 8,

Assisté de **M. VIGNÈRES**, Marchand d'Estampes,
rue de la Monnaie, 21 (ancien 13), à l'entre-sol,

CHEZ LEQUEL SE DISTRIBUE LE CATALOGUE.

━━━━━

PARIS — 1875

CONDITIONS DE LA VENTE

L'ordre du Catalogue sera suivi.

Au comptant.

CINQ POUR CENT, en sus des enchères, applicables aux frais

M. VIGNÈRES, dirigeant la Vente, se charge des Commissions.

NOTA. Toute commission, sans prix fixé ou sans limite déterminée, sera regardée comme nulle.

M. VIGNÈRES se charge de faire marquer les prix aux Catalogues des ventes qu'il a faites. Les personnes qui le désirent peuvent s'adresser à lui *franco*.

Plusieurs Amateurs éloignés en ont reconnu l'utilité pour les guider dans leurs achats sur les valeurs des Estampes.

Les Catalogues des Ventes à faire seront envoyés aux personnes qui en feront la demande *affranchie*.

AVIS. — Nous prions MM. les Amateurs éloignés de ne pas attendre au dernier jour, pour que les lettres arrivent le matin de la Vente : ils comprendront que quelques lettres peuvent se lire, mais de 20 à 50 lettres, c'est difficile.

Choix de Catalogues avec prix marqués.

M. VIGNÈRES se charge des commissions dans les ventes de Livres et Estampes autres que les siennes.

CATALOGUE

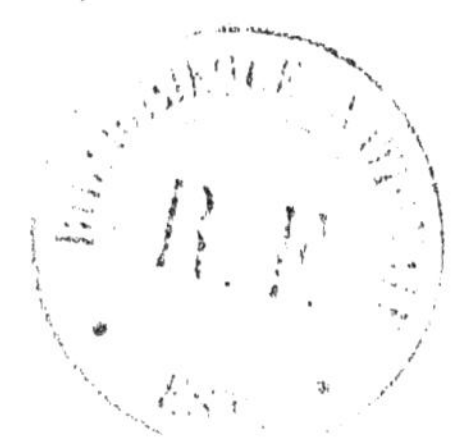

ESTAMPES ANCIENNES

1 **Aldegrever.** Loth et ses filles. — Dalila coupant les cheveux à Samson. Petit rond, 2 p. collées.

2 **Amman** (Josse). Baptême de Jésus en présence de Luther, Mélanchton, l'Électeur de Saxe et autres. Petit in-fol., sur bois.

3 **Baccio Baldini.** Saint Jérome.

4 — L'Enfer.

5 **Berettin de Cortone** (D'ap.). Voûtes, pièces cintrées 14. — D'ap. Dominiquin 5. En tout 19 p.

6 **Bois anciens.** Sujet de la Passion par *Urse Graff* et autres. 3 p.

7 **Bosse** (Abraham). Ostel de Bourgogne. Scène des comédiens. Six personnages sont en scène.

8 **De Frey.** Vieillard les mains croisées, d'ap. *Rembrandt.* Superbe ép.

9 **Durer** (Albert). Saint Pierre et Saint Jean guérissant les boiteux. (B. 18). Très-belle ép.

10 — Sur bois. Pièces de la vie de Jésus-Christ avec texte et sans texte au verso. Histoire de la Vierge, etc. 7 p. par et d'après.

11 Durer (D'ap.). Saint Jérôme, l'Enfant prodigue, l'Effet de la jalousie, Saint Hubert. 4 copies.

12 École Italienne. D'ap. Giorgion, Tintoret, Véronèse. 13 p.

13 — Eaux-fortes par et d'ap. Divers 21 p,

14 École Flamande. D'ap. Berghem, Dusart, etc. 8. École française. 5. En tout 25 p.

15 Hopfer (Les). Les Têtes d'animaux (B. 133), premier état, Mameluck, le Soldat et sa Femme, les cinq Soldats, l'Alphabet, les Écus d'armes et autres Pièces d'ornement. 15 p.

16 La Belle. Costumes de femmes, Ornements et Grotesques arabesques. 17 p.

17 Lucas de Leyde. Adam et Ève fugitifs, après avoir été chassés du paradis terrestre (B. 11). Magnifique ép. de la plus grande beauté, 1510.

18 — Saint Joachim et Sainte Anne (34), 1520. Superbe ép.

19 — La Prise de Jésus, 1521 (45). Belle ép. et la copie.

20 — Marie-Madeleine se livrant aux plaisirs du monde (122). Très-belle ép. d'une des pièces les plus recherchées du maître, avec quelques restaurations.

21 — L'Opérateur. (157). Très-belle ép. (C'est un arracheur de dents).

22 — La Laitière (158). 1510. Cette pièce, une des plus rares du maître, est une des plus parfaites pour le dessin.

23 **Lucas de Leyde** (Copies d'après). Adam et Eve, sujets de l'Histoire de Joseph, les Musiciens, Esther devant Assuérus, l'Adoration des Mages, Résurrection de Lazare, Jésus présenté au peuple, dit le grand *Ecce homo*, le Calvaire. 9 p.

24 **Luyken**. Mort du prince d'Orange, 1584.

25 **Mantègne.** Bacchanale au Silène (B. 20).

26 **Raimondi** (Marc-Antoine). Bas-relief : Vulcain, Vénus et trois Amours (B. 227). Très-belle ép. La Tempérance (390). 2 p.

27 — Le Grand-Prêtre n'admettant pas Joachim à l'autel de Dieu (1). — Adoration des Rois (10). 2 p. d'ap. *Durer*.

28 **Rembrandt**. Jésus chassant les vendeurs du Temple, Buste d'Oriental, Marchand de mort aux rats, Arracheur de dents de Van Vliet, 4 p.

29 **Rubens** (D'ap.). De la galerie du Luxembourg, 4 p., et deux autres petites pièces de *Pannels*. 6 p.

30 **Schongauer.** Le Christ portant sa croix. — Saint Jean Chrisostome, d'ap. *Lucas Cranac*. 2 copies.

31 **Schutz**. Paysage à l'eau-forte, d'ap. Huysmans de Malines.

32 **Silvestre** (Israël). Vue et Perspective du jardin et pont des Tuileries. — Façade du château de Madrid. 2 p. très-belles.

33 — Abbaye royale des religieuses de Longchamps, superbe, rare.

34 **Silvestre**. Château et Ville d'Avignon. —Ville et Château d'Avignon. 2 p. très-belles.

35 — Fontainebleau. 4 vues différentes, belles ép.

36 — Château de Gaillon, côté du parc, 2 ép. — Chapelle de Gaillon. — Château de Gaillon en Normandie. 4 p. très-belles.

37 — Château de Grois-Bois, 2 vues différentes très-belles.

38 — Liancourt, 12. — Ansy-le-Franc, Chilly, Moné, 15 p.

39 — Lusigny en Brie, 3 p. très-belles.

40 — Saint-Cloud, 4 p. très-belles.

41 — Saint-Germain-en-Laye, Château, la Muette, 2 p.

42 — Tanlay, Quincy, 7 p. très-belles.

43 — Ancy-le-Franc, Pacy, Bourbon-l'Archambaut, Irrois, Coffry, Meulan, etc., 8 p.

44 — Château de Marlou, Verger, Chanteloup, Villeroy, Fremont, Chantemesle, etc., 8 p.

45 — Pont de Charenton, Saint-Maur, Blérancourt, Berny, Escouan, Rincy. 8 p.

46 —Courance, Richelieu, Chavigny, Ruel, Valery et autres, 13 p.

47 **Stephanus**. Mars et autres, trois très-petites figures, dans des niches gravées sur la même planche, magnifique ép., très-grande marge, très-rare de cette beauté et condition.

48 — Janvier. — Février. 2 p. des mois avec entourages.

49 **Titien** (D'ap.). Ecce homo et divers sujets par Lefevre. 12 p.

50 **Visscher** (D'ap.). Seconde Bohémienne in-fol.,
par de Mare.
51 **École française**. Sujets divers. 31 p.
52 **École flamande**. Sujets divers. 18 p.
53 **École italienne**. Sujets divers. 20 p.

PORTRAITS

54 **Albert** (Chérubin). Henri IV, dans un riche
encadrement orné de figures, très-belle ép.
55 **Balechou**. H. Comte de Brühl, in-fol.
56 **Bry** (Attribué à Th. de). Portraits de femmes
dans des ronds entourés d'arabesques ornés de
fleurs et d'animaux. 3 p. très-belles ép.
57 **Chatelains** 1844 (Eugène). Rigaud peintre,
oval, équarri, grand in-4. Superbe ép. d'artiste
toute marge.
58 **Coutellier**. Joseph Menier de la Comédie italienne, in-4., ovale en couleur, monté en dessin.
Superbe.
59 **Coypel** (D'ap. Ch). Aymon, premier général
de la Calotte. In-4, terminé par *Joullain*, 1726.
60 **Delff**. Fréd.-Henri comte Palatin. In-fol., d'ap.
Mirevelt.
61 **Desplaces**. Marguerite BECAILLE, veuve de
Max. Titon, fondatrice du couvent des religieuses
de Saint-Augustin à Saint-Mandé, en 1706.
In-fol. à mi-corps. Très-belle ép.

62 **Drevet.** Samuel Bernard avec conseiller d'État. Grand in-fol.

63 — Louis, duc de Bourgogne, père de Louis XV. Grand in-fol., d'ap. *Rigaud*, belle ép., toute marge.

64 — Jean Forest, peintre. In-fol., d'ap. *Largillière*, marge.

65 — Adrienne Le Couvreur, rôle de Cornélie, in-fol., d'ap. *Ch. Coypel*. Très-belle ép.

66 — Philippe V, roi d'Espagne, grand in-fol. Belle ép.

67 **Dyck** (D'ap. V.) Christian de Brunswick, Déodat del Mont, Liberti, Malder, J. de Nassau et Gevartius, *fac-simile* de Baillie. 6 p.

68 **Édelinck.** P. Phelipaux de Ponchartrain, comte de Kaunitz, in-fol. 2 p.

69 **Giffart** 1700. Barth. Giavarina, petit in-fol. Marge.

70 **Ghisi** (Georges). Michel-Ange, in-4.

71 **Kneller** (D'ap.). The lord Easton, 1685, enfant. — Georges, prince de Danemark. — W. duc de Glocester, 1699. — Guillaume III, roi d'Angleterre. — A. Henley. 5 p. par Smith.

72 — Duchesse of Grafton. — Duchesse d'Ormond. — Comtesse de Rutland. — Duchesse de Saint-Albans — et autre. 5 p. Très-belles ép. par Smith.

73 **Larmessin.** Louis, dauphin de France en pied, d'ap. *Tocqué*, in-fol.

74 **Mariette**. Stanislas J. Jablonowski, grand
in-8. en travers. Très-belle ép.

75 **Muller**. Klopstock. — Kotzebue. Deux portraits grandeur naturelle.

76 **Nanteuil** Jean Chapelain (R. D. 60). —
Charles II de Mantoue (62). 2 p.

77 — J. B. Colbert (R. D. 71). Trés-belle ép., avant-
dernier état. Taché.

78 — Marin Curcau de La Chambre, médecin.
Très-belle ép. (116), 2ᵉ des 4 états.

79 — Louis Hesselin (110), in-fol. dans le goût de
Mellan. — Le Coigneux (125), 2 p.

80 — Jean Loret, poëte (130). Belle ép., marge.

81 — Mazarin, octogone (184). Très-belle ép.

82 — Scudéry académicien (221). 1ᵉʳ état.

83 — Blondeau (40). Collé. — Castelnau (58). —
N. d'Hennin de Cuvilers. 3 p.

84 **Nattier** (D'ap.). Marie (Leczinska), reine de
France. Grand in-fol., par *Tardieu*.

85 **Pitau** 1663. Camille de Lilli, historiographe.
In-fol., d'ap. *Daret*. Très-belle ép.

86 **Reynolds** (D'ap.). Lady Anne Dawson en Diane,
par *M. Ardell*. — Portrait de femme à mi-corps,
par *Dixon*. — Autre, par *Watson*. 3 p. in-fol.

87 **Smith**. Anna Kynnesman. — A. Roydhouse. —
Grevil Vernay et autres. 7 p. manière noire.

88 **Suyderhœf**. J. de Beyma. In-4. — H. de
Keyser. — André Rivet. 3 p.

89 **Testolini**. Izabella Czartoryska, en pied, d'ap. *R. Cosway*. Petit in-fol. en bistre, rare.

90 **Verkolje**. Auguste III, roi de Pologne. — Auguste II. — Ferdinand III, de Sandrart. 3 p. in-fol.

91 **Vertue**. Jane Grey. — Jacques d'Écosse et la famille Lennox, en prières. — Les enfants d'Henri VII et d'Elisabeth. 3 p. grand in-fol., rares.

92 — John Locke. Petit in-fol., très-belle ép.

93 **Walker**. La famille Gerbier, d'ap. *Van Dyck*. Grand in-fol.

94 **Wille**. Louis XV. In-fol., d'après le marbre de *Le Moyne*, belle ép.

95 *Fugger*. Anne, Emélie, Ursule. 3 portraits de femme dans de riches entourages.

96 *Charles VII*, à mi-corps, tenant la hache d'armes. In-8, très-belle ép. *Le Roy Charles jadis*, etc.

97 *Marie de Médicis* étant jeune. In-4. *Io. Orlandi formis Rome.*

98 *Merode* (Philippe de) et sa femme. Deux médaillons accolés, entourés de quatre amours : titre des apanages d'un cavalier chrétien. Superbe ép., in-8.

99 **Portraits** des papes Pie VI et Pie VII, et pièces historiques de divers formats. 44 p.

100 **Portraits**. Mme Lebrun, Senac de Meilhan, Louis XIII, Louis XIV, etc. 8 p.

ÉCOLE DU XVIIIe SIÈCLE

101 **Anonyme**. George se dépite et signe enfin la paix générale : il donne un coup de pied à Pitt. Chez Depeuille. Magnifique ép. in-fol., toute marge, très-rare.

102 — Aristide et Brise-scellé revenant de travailler la marchandise, chez le marchand de curiosités, rue Coquillière. Magnifique ép. in-fol., toute marge, rarissime.

103 — La Science du jour. Mlle Manon et le perruquier, chez Toulouse. Magnifique ép. in-fol., toute marge, très-rare.

104 — Les Croyables au tripot. Magnifique ép. infol., toute marge, extrèmement rare.

105 — Les Croyables actifs du Palais ci-devant royal. Magnifique ép. in-fol., toute marge, trèsrare.

106 — Les Payables, chez Darcis : Un galant tient sa bourse entre deux jolies femmes. Magnifique ép. in-fol., toute marge, très-rare.

107 **Bartolozzi**. La Fleur, Amiens. — The Song. 2 p. in-fol., en rond, en couleur.

108 **Boizot** (1767). Hollandaise à son clavecin. — Le Déjeuner de la hollandaise. 2 p. d'ap. *Metzu*.

109 **Boucher** (D'ap.). Livre des arts, groupes d'amours. 6 p. très-belles ép.

110 — Pêcheurs, composition de six enfants. Superbe.

111 **Boucher** (D'ap.). École de l'amitié.— La Fontaine. — Pensent-ils au raisin ? 3 p. in-fol.

112 **Chardin** (D'ap.). La Pourvoyeuse.— La Rôtisseuse, par *Lépicié*, 1742. 2 p.

113 — Le Négligé ou Toilette du matin, par *Le Bas*. 1741.

114 — La Gouvernante, par *Lépicié*. 1739.

115 — L'Instant de la méditation, par *Surugue*, 1747. Très-belle épreuve. (C'est le portrait de Mme Lenoir.)

117 **Chasteau**, 1708, d'ap. Santerre. Pourquoi le tendre amour, etc., d'ap. *Largillière*. Ce causeur près d'Iris, etc. Ces deux charmants portraits de femme à mi-corps sont encore inconnus.

118 **Darcis**. La Pièce curieuse, d'ap. *Boilly* : Un joueur de fifre et de tambourin fait danser deux chiens ; un singe en militaire, armé d'un sabre, commande un ours muselé, coiffé du bonnet phrygien. Très-belle ép. in-fol., toute marge, tachée dans la marge.

119 **Desrais** (D'ap.). Vue du bâtiment construit pour le roi et la cour, pour voir le feu d'artifice place de Grève, en 1782. Petit in-fol., par *Voyzard*, très-rare, marge.

120 **Duflos**. Le Bilboquet, jolie petite pièce. Superbe ép.

121 **Gravelot** (D'ap.). Les Arts : Allégories représentées par des figures de femmes. 12 p. très-belles, glomisées.

122 **Greuze** (D'ap.). Le Tendre désir. In-fol., par C.... Superbe ép.

123 **Janinet.** Colonnade et jardins du palais Médicis. Petit in-fol. en couleur, d'ap. H. Robert. Très-belle ép.

124 **Lancret.** La Joie du théâtre, par *Crespg.*

125 — Le Jeu de pied de bœuf. Belle ép., sans marge.

126 — Grandval, portrait en pied de cet acteur célèbre dans une riche composition de jardin, ayant un groupe en marbre de la Comédie et Tragédie. Grand in-fol., gravée par *Le Bas,* belle ép.

127 **Moor.** *A Tale from Chaucer.* Scène drôlatique. Manière noire, in-fol.

128 **Moreau** le jeune, 1763. Betzabée au bain ou la Coupeuse d'ongles, d'ap. *Rembrandt.* In-fol. Superbe ép., sans marge.

129 **Pater** (D'ap.). L'Orchestre de village, par *Ravenet.*

130 **Reynolds** (D'ap.). Mrs Irwing. — Dutchess of Ancaster. — The Infanty Academy. — 3 p.

131 — Reflections on Clarissa Harlow. In-fol.

132 **Santerre** (D'ap.). Jeune femme tenant un masque, par *Chasteau.* Superbe ép., toute marge, petit in-fol.

133 **Tresca.** Point de convention. Charmante composition. Superbe ép., in-fol., toute marge, tachée d'eau dans la marge.

134 — La Folie du jour. Jolie composition. Superbe ép., in-fol., toute marge, légère tache d'eau.

135 **Vernet** (D'ap. Carle). L'Anglomane, par *Darcis.* In-fol., magnifique ép., toute marge.

136 **Vernet** (D'ap. C.) L'Inconvénient des perruques, par *Darcis*. In-fol. Magnifique ép., toute marge.

137 — Les Incroyables, par *Darcis*. Magnifique ép., in-fol., toute marge.

138 — Les Merveilleuses, par *Darcis*. Magnifique ép., in-fol., toute marge. Extrêmement rare.

139 — La Marchande de poissons. In-fol. en couleur, par *Debucourt*.

140 — Marchand de chevaux, par *Charon*. — Marchand de vin des environs de Rome, par *Debucourt*. 2 p. en couleur, in-fol.

141 **Watteau** (D'ap.). Costumes chinois et autres. 16 p.

142 — Pierrot, têtes et costumes de femmes. 15 p.

143 — Sous un habit de Mezetin. — La Signature du contrat. Réduction, eau-forte pure. 2 p.

144 — Du Bel âge ou les Jeux, etc., par *Moyreau*. Très-belle ép., toute marge.

145 — Belle, n'écoutez rien, Arlequin est un traître. par *Cochin*.

146 — Composition in-fol. rognée.

147 — Le Colin-Maillard. In-fol., par *Brion*. Très-belle ép., grande marge, collée sur toile.

148 **Plans** de Lyon, 1809, de Marseille, de Bruxelles. 3 p.

PIÈCES HISTORIQUES, CARICATURES

149 **Pièces historiques.** Louis XVI, Marie-Antoinette et Famille. 7 p.

150 — L'Espoir de la France. Necker présenté au roi par la Justice et la Vérité, petit in-fol., en couleur. Rare.

151 — Louis XVI, par *Audouin*. On a collé un bonnet rouge sur la tête, où se trouve gravé : *Seconde couronne de Louis XVI*.

152 — Testament de Louis XVI, surmonté de son portrait au milieu de ceux de ses enfants, in-fol.

153 — La Journée à jamais mémorable. Louis XVI à l'Hôtel-de-Ville, 17 juillet 1789. Image du temps, in-fol., coloriée. Très-rare.

154 — Démolition de la Bastille, plan, etc. Portraits de Latude, Romagne. 6 p. dont 1 en couleur et 1 coloriée.

155 — Journée du 10 août 1792. — 21 janvier 1793. — 16 octobre 1793. 3 p. in-fol par *Helman*, d'ap. *Monnet*. Très-belles ép. du temps.

156 — Déclaration des droits de l'homme, in-fol.

157 — Arrestation à Varennes. Eau-forte coloriée. Retour à Paris, 25 juin 1791. Coloriée 2 p.

158 — Égalité. — Liberté. Statues d'ap. *Fragonard* fils par Allais. 2 p. petit in-fol.

159 — Unité et indivisibilité de la République. Affiche en papier de tenture. Grand in-fol., en couleur. Rare.

160 — La véritable guillotine ordinaire, Ha le bon soutient pour la liberté. Extrêmement rare. — Portraits de Guillotin, de Robespierre, de la col. Bonneville. 3 p.

161 **Pièces historiques**. Le Neuf Termidor ou la Surprise anglaise, in-fol., par *Louvion*.

162 — Charlotte Corday, ovale in-fol., en couleur, par *Alix*. — Marat, médaillon sur un obélisque funèbre, 2 p. rares.

163 — Desmoulins en prison, écrivant à Lucile. — Copy en anglais de sa lettre. — Son Portrait, col. Bonneville. 3 p.

164 — Drapeaux des districts de Paris. 22 p. coloriées. Incomplet.

165 — La Fayette en trait de plumes, costumes de la garde nationale, image coloriée. 2 p.

166 — Régénération de la Hollande, 4 p. à la sanguine, avec quatre feuilles d'explications en français et en italien.

167 **Caricatures anglaises**. The Turf Macaroni. — The Fumigating Macaroni et autres. 4 p.

168 **Caricatures** curieuses sur la Révolution 1792. Ci-devant duc d'Aiguillon ; petit Médaillon à double tête. Passe salope.

169 — Marie-Antoinette avec le corps d'un tigre. — Louis XVI en animal cornu. Deux petits médaillons. Extrèmement rares.

170 — Marie-Antoinette avec le corps d'une harpie. — M.... Le Chat. Deux petits médaillons. Extrèmement rares.

171 — L'Entrée franche : Paysan amenant un animal cornu qui a figure humaine. Belle p. sanguine. Très-rare.

172 — Départ du général parisien. — Le roi Soli-
veau. 2 p.

173 — Le *Mea culpa* de l'ambassadeur. — Laocoon
avec fond rouge. 2 p. rares.

174 — Philippe Pique : Le roi de pique avec le
portrait d'Égalité. — Les Couches de M. Target.
2 p. rares.

175 — On m'attend aux Feuillants. — J'y vais aux
Jacobins. 2 p. Coloriées.

176 — Assignats, en rébus. Pensées de l'abbé **Maury**.
Rare.

177 — Ils sont passés ces jours de fête, le Temps
passé n'est plus, départ des Apoticaires patrio-
tiques, etc. 6 p. coloriées. Rares.

178 — Le Pressoir, l'Ecclésiastique réfractaire, Brise-
moustache et autres. 6 p. coloriées. Rares.

179 — Réveil du Tiers-État, Mieux vaut tard que
jamais, Un seul fait les trois, Magicienne con-
sultée, etc. 6 p.

180 — Le Tiers-État confesseur, le Temps donnant
les cendres, Déménagement du clergé. 5 p.
coloriées. Rares.

181 — *Vox populi*, nouvelle sinagogue. 2 p. rares.

182 — Les Formes acerbes, Jeu de quilles répu-
blicain, la Contre-Révolution et autres. 6 p.,
noir et couleur.

183 **Caricatures italiennes** sur la Révolution,
1792. 8 p. coloriées, très-curieuses et très-rares.

184 — Sur le règne de Napoléon Ier. Coloriées et
noires. 14 p.

185 **Caricatures anglaises** sur le règne de Louis XVIII, par Cruikshank et autres. 16 p. coloriées.

186 **Caricatures françaises**. Les Étrennes anglaises. — Les Anglais en Bourgogne. — Au canal de l'Ourq. 5 p. coloriées.

187 — Draisienne, le Postulant, la Ribotte et autres. 12 p. coloriées.

188 — Sur 1815. La Restauration. 7 p. in-fol., coloriées.

189 — La Porte d'un homme en place le jour de l'an. Pas d'argent pas de Suisse. Lithog. in-fol. Signée A. D. Très-rare.

190 — 1830. Sur Charles X, par *Grandville* et autres. 14 p.

ÉCOLE MODERNE

191 **Bellangé**. Album 1832. 14 lithog.

192 — Sujets divers 17 et par Charlet 2. En tout 19 p.

193 **Charlet**. Le Drapeau défendu (Lacombe 42 R.). In-fol. rare.

194 — Siége et prise de Berg-op-Zoom à la petite Provence (67 R. R.). In-fol. très-rare.

195 — Odry, Ils s'en vont, Il faut en rire, Il m'en reste encore un pour la Patrie, l'Aumône, etc. 27 p.

196 **Decamps**. Le pieu Monarque. Rognée, rare.

197 — L'An de grâce 1840, etc. Belle ép. marge, rare.

198 — Ah! cette fois je sens bien que, etc. Superbe ép. sur chine. Toute marge, très-rare.

199 — Eh! camarade on n'entre pas en veste ici. Sup.

200 — Classe de Français. M⁰ Contrarius. Très belle.

201 — Une pauv'petite préfecture, etc. Coloriée.

202 — Voilà ce qui vient de paraître tout à l'heure. Sur chine. Toute marge.

203 — Vue intérieure d'une baraque (Pasquinade). Coloriée. Très-rare.

204 — Arrêt de la cour prévôtale. — Grands sauteurs. — Les Mendiants. 3 p.

205 Decamps (D'après). Enfants jouant au bateau dans un baquet, très-petite lithog. de Mouilleron. Superbe ép. sur chine (Collection de M. Dreux).

206 — Le Singe peintre, par S. Teissier. In-fol., superbe ép. (Collection de M. Dreux.)

207 — Galeries d'Amateurs, Déjeuner en ville, la Ferme, le Chenil, Chercheur de truffes, Chemins de Toulon, etc. 6 p. in-fol. Superbes.

208 — Artistes contemporains et autres, par Célestin Nanteuil et autres. 14 p.

209 — Artistes anciens et modernes, par Eugène Le Roux et autres. 16 p. Superbes.

210 De Dreux. Trois chiens guettent un chat réfugié sur un arbre. Lithog. grand in-fol. avant toute lettre, toute marge. Rare.

211 Delacroix (Eugène). Un Bonhomme de lettres en méditation. Lithog. rare.

212 — Le Grand Opéra (C'est Vestris sur des balais) Rare.

213 — Duel polémique entre Dame Quotidienne et Messire le Journal de Paris. Rare.

214 École anglaise. Accidents de chasse. 6 p. dont 4 en couleur.

215 Harris. The Mail change. — Fulling up to
ane's kid, — et autres courses. 4 p. grand in-fol.
en couleur.

216 Jacques (Charles). La Bergerie. Eau-forte
grand in-fol., pièce capitale, superbe ép. avant
toute lettre signée par l'artiste. Toute marge.

217 Landseer (Th.). 1827. Intruding puppies,
d'ap. Edwin Landseer. Très-belle ép. Marge.

218 Langlois (E. H.). Danse de la mort, 2 p. sur
la même planche. — Groupe d'Ænée et de Didon,
par Polycles. — La Fierte, par Espérance. 3 p.

219 Lefman Statue de la femme piquée par un
serpent. Superbe ép. avant la lettre, signée
Clésinger.

220 Lithographies. Gavarni. Grandville, Chasses
d'Horace Vernet, et autres. 10 p.

221 Marvy. Paysages d'ap. Bertault, d'ap. Fousse-
reau et autres. 3 p.

222 Meissonier. Le Fumeur. Jolie eau-forte d'une
grande finesse. Superbe ép. sous verre.

223 Wilkie (D'après). The Village festival. Petit
in-fol. par *Finden*. Très-belle ép. Marge.

224 Voyage aux Alpes norvégiennes. En couleur 6,
et 2 lithog. 8 p.

225 FERRARIS. Paysage. Dessin, plume et bistre.

226 KERAUGOUÉ (De) 1806. Passage du cap Gris-Nez,
29 messidor an 13 (18 juillet 1805). Aquarelle.

Vve Renou, Maulde et Cock, impr. de la Cie des Commissaires-Priseurs,
rue de Rivoli, 144.   52397